大厨拿手家常菜

夏金龙◎著

化学工业出版社
·北 京·

本书由中国烹饪大师、中国饭店业金牌总厨、中国十大最有发展潜力青年厨师夏金龙主持编写，将中华名菜与家常烹饪相结合，为读者精心奉献最流行、最美味的100余道家常菜，帮助您轻轻松松享受美味。本书全部以精美的图片、细致的说明文字图文并茂地呈现给读者，充分体现了“吃出文化，吃出营养，吃出健康”的美食宗旨。在您的美食生活中，只要此书在手，您就可以自购自烹，自食自乐，相信此书会成为您的快乐家庭烹饪宝典。

图书在版编目（CIP）数据

大厨拿手家常菜 / 夏金龙著.—北京：化学工业出版社，2009.1
（时尚美食馆）
ISBN 978-7-122-04226-2

I. 大…　II. 夏…　III. 菜谱　IV. TS972.12

中国版本图书馆CIP数据核字（2008）第188552号

责任编辑：李　娜　　　　文字编辑：孙振虎
责任校对：战河红　　　　装帧设计：北京水长流文化发展有限公司

出版发行：化学工业出版社（北京市东城区青年湖南街13号　邮政编码100011）
印　　装：北京画中画印刷有限公司
720mm×1000mm　1/16　印张6　字数117千字　2009年1月北京第1版第1次印刷

购书咨询：010-64518888（传真：010-64519686）　售后服务：010-64518899
网　　址：http://www.cip.com.cn
凡购买本书，如有缺损质量问题，本社销售中心负责调换。

定　　价：26.00元

序

作者为吉林省劳动和社会保障厅厅长

中国烹饪，是中国文化宝库中一颗灿烂的明珠，我国自古就有川、鲁、粤、苏、湘、浙、闽、徽八大菜系之说，本书是夏金龙大师根据多年从厨实践经验编写的2009年的最新版、最权威的饮食图书著作，书中内容贯穿南北，结合了八大菜系各家的精华。书中全部菜式以图文并茂的形式展现给大家，充分体现了“吃出文化，吃出营养，吃出健康”的美食宗旨；体现了“以味为核心，以养为目的，以健康为标准”的原则。

热爱生活的人，事业一定会成功。烹调中的人生哲学自古有之：“治大国，若烹小鲜”的伊尹之道；彭祖的智慧厨艺；厨师福星詹王的“饿”之哲理；“民以食为天”的古训，都佐证了人们追求美食的真谛。“食无定位，适口者珍”，时代在发展，人们的口味也发生了巨大的变化。酸、甜、苦、辣、咸、鲜、香这些口味有时也难以满足食客的需求，现在的人们追求的是返璞归真，希望能够吃上地道家常口味的菜肴。对于家庭主妇而言，要想做出美味佳肴，没有专业的厨师指点和美食图书的学习是很难学会的，仅仅知其然，而不知其所以然。

为了能够满足广大读者的需求，夏金龙大师也做了许多改革性尝试，把宾馆、酒店的菜式按照家庭的烹饪方法进行了简化，书中涉及的语言通俗易懂，易于掌握，操作简单，使您在日常生活中，只要有此书在手，经过学习和操作，您就可以自购自烹，自食自乐，相信此套家庭版的系列图书会成为您快乐的烹饪宝典。

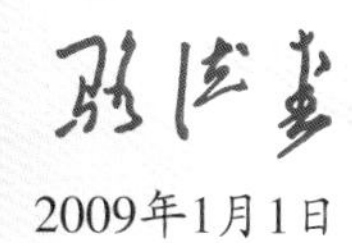

2009年1月1日

目录

CONTENTS

PART1 家常肉小炒

PART2 清爽蔬菜小炒

PART3
焖烧炖

PART4
美味小海鲜

PART5 健康菌类

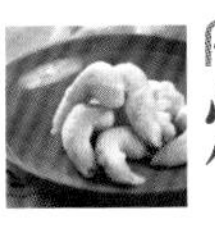

PART6 焗烤煎炸

PART7 凉拌菜

PART1
家常肉小炒

金针菇炒肉丝

主料

金针菇300克，肉丝100克

配料

红椒丝20克，尖椒丝20克

调料

精盐1小匙，味精1/2小匙，料酒1/2小匙，白糖1/3小匙，植物油30克，老抽、香油少许

做法

1 金针菇去除根部，洗净切段备用。

2 锅内加水烧沸，放入金针菇焯熟捞出，控净水备用。

3 锅内加入植物油烧热，放入肉丝、红椒丝、尖椒丝炒香，再放入金针菇、调料炒匀，淋香油出锅即可。

特点 清爽质嫩，咸鲜适口。

茶树菇炒肚丝

主料

鲜茶树菇300克，熟猪肚丝100克

配料

红椒条20克，绿椒条20克，葱姜丝少许

调料

精盐1小匙，味精1/2小匙，雀巢鸡粉1/2小匙，香油1/2小匙，料酒2小匙，白糖1/3小匙，植物油30克，老抽少许，生粉30克

做法

1 茶树菇去根，切段洗净备用。

2 锅内加水烧开放入茶树菇、熟猪肚丝焯透，撇出浮沫，捞出控水待用。

3 锅内加入植物油烧热，放入葱姜丝炝炒，投入茶树菇、猪肚丝、红绿椒条煸炒出香味时，再放入调料拌炒均匀，勾少许薄芡，淋香油出锅即可。

特点 咸鲜脆嫩。

葱爆羊肉

主料

羊肉片300克，大葱块100克

配料

胡萝卜片20克

调料

精盐1小匙，味精1/2小匙，雀巢鸡粉1/2小匙，老抽1/2小匙，香油少许，白糖1/3小匙，植物油20克

做法

1 锅内加水烧沸，放入羊肉片焯透，去除血沫，捞出控干水分备用。

2 锅内加入少许植物油烧热，放入大葱炒香，再放入胡萝卜片、羊肉、调料翻炒均匀入味，淋香油出锅即可。

特点 咸鲜浓香。

韭菜炒肥肠

主料

韭菜200克，熟肥肠200克

调料

精盐1小匙，味精1/2小匙，雀巢鸡粉1/2小匙，料酒1小匙，香油少许，植物油30克

做法

1 将韭菜洗净，切4厘米的长段；肥肠洗净切条备用。

2 锅内加水烧沸，放入肥肠条焯透，捞出控净水分备用。

3 锅内加油烧热，放入韭菜炒出香味，再放入肥肠条，调味翻炒均匀，淋香油出锅即可。

特点 咸鲜浓香。

蚝油牛肉

主料

牛肉300克

配料

洋葱50克，红、绿椒各50克

调料

蚝油2大匙，味精1/2小匙，白糖少许，老抽少许，雀巢鸡粉1/2小匙，香油少许，生粉20克，鸡蛋1个，植物油500克（实耗50克）

做法

1 将牛肉洗净，切成片状；洋葱和红、绿椒分别切成块状备用。

2 把牛肉放入碗中，加入蛋液、少许老抽、生粉抓匀，上好浆备用。

3 锅内入植物油烧热，放入牛肉片滑熟，捞出控净油备用。

4 锅中留底油，下入配料炒出香味，再放入滑好的牛肉和调料翻炒均匀入味，勾薄芡淋香油出锅即可。

特点 咸香滑嫩，色泽红润。

肉丝炒牛肝菌

主料

牛肝菌300克，肉片片100克

配料

红、绿尖椒块各20克

调料

精盐1小匙，味精1/2小匙，雀巢鸡粉1/2小匙，老抽、香油少许，生粉30克，料酒2小匙，白糖1/3小匙，植物油30克

做法

1 锅内加水烧沸，放入牛肝菌焯透捞出，控干水分备用。

2 锅内加植物油烧热，放入牛肉片炒香，再放入配菜、牛肝菌，调味翻炒均匀入味，勾薄芡淋香油出锅即可。

特点 咸鲜滑润。

西芹炒牛柳

主料

牛肉片200克，西芹段200克

配料

鸡蛋1只，胡萝卜花少许

调料

精盐1小匙，味精1/2小匙，白糖1/2小匙，雀巢鸡粉1/3小匙，料酒2大匙，老抽、香油各少许，蚝油2大匙，生粉50克，植物油1000克（实耗100克）

做法

1 将牛肉片放入碗内加入调料腌1小时备用。

2 把胡萝卜、西芹放入沸水中汆烫，捞出控水备用。

3 锅内加入植物油烧至五成热时，下入牛柳滑熟，捞出控油备用。

4 锅中留底油，放入牛柳、西芹、胡萝卜炒香，调味勾芡，淋香油出锅即可。

特点 清脆滑润，咸鲜适口。

鸡丝炒豆苗

主料

鸡丝100克，豌豆苗400克

配料

胡萝卜丝20克

调料

精盐1小匙，味精1/2小匙，雀巢鸡粉1/2小匙，生粉20克，植物油30克

做法

1 将豌豆苗摘洗干净备用。

2 锅内加入植物油烧热，放入鸡丝滑炒，再放入豆苗、胡萝卜丝及调料拌炒均匀，勾芡，淋香油出锅即可。

特点 咸鲜清淡，白绿相间。

腊肉笋片

主料

鲜春笋1000克，腊肉50克

配料

红椒块20克，葱、姜片少许

调料

精盐1小匙，味精1/2小匙，白糖1/3小匙，雀巢鸡粉1小匙，生粉20克，香油少许，植物油30克

做法

1 将春笋去皮洗净切片，腊肉切片备用。

2 锅内加水烧沸，放入春笋片，腊肉焯熟捞出控水备用。

3 炒锅加入少许植物油烧热，下入葱姜片、红椒块炒出香味，加入主料和调料拌炒均匀，勾芡，淋香油出锅即可。

特点 咸鲜爽脆。

桃仁粒粒肉

主料

猪肉400克

配料

葱片5克，姜片5克，香叶10克，红、绿尖椒块各10克，红辣椒10克，桃仁20克

调料

精盐1小匙，老抽1大匙半，味精1/2小匙，白糖1/2小匙，料酒2大匙，红油3大匙，香油少许，鸡粉1/2小匙，生粉20克，胡椒粉少许，植物油1000克（实耗100克）

做法

1 将猪肉切1厘米见方的丁，放入容器内加调料，腌半小时备用。

2 锅内加入植物油烧至六成热时，下入猪肉粒炸熟，控油备用。

3 炒锅内加入红油，下入配料炒香，加入猪肉粒、桃仁及调料炒匀，出锅即可。

特点 香辣适口。

肉丝炒蕨菜

主料

鲜蕨菜400克，肉丝100克

配料

红尖椒50克，葱姜丝少许

调料

精盐1小匙，味精1/2小匙，白糖1/2小匙，雀巢鸡粉1/2小匙，生粉20克，植物油30克

做法

1 将蕨菜切段洗净，锅内加水烧沸，放入蕨菜汆烫，捞出控水备用。

2 炒锅内加入植物油烧热，下葱姜丝、肉丝、红尖椒丝炒香，再下入蕨菜及调料炒香入味，勾芡，淋明油，翻炒均匀出锅即可。

特点 清脆滑嫩，咸鲜适口。

四角豆炒烟肉

主料

四角豆500克

配料

培根肉100克，葱花、姜、蒜各10克

调料

香油少许，精盐1小匙，味精1/2小匙，白糖1小匙，雀巢鸡粉1/2小匙，生粉20克，植物油300克（实耗60克）

做法

1 将四角豆去除菱角，切块洗净；培根肉切片备用。

2 锅内加入植物油，烧至三成热，下入培根肉滑油，捞出控油备用。

3 锅中加水烧沸，放入四角豆汆烫捞出备用。

4 炒锅内加入植物油加热，放入葱花、姜片、蒜片炒香，再加入主料和调料炒至入味，勾芡炒匀即可。

特点 清脆爽口，咸鲜味美。

京酱肉丝

主料

猪肉丝300克

配料

干豆腐100克，香葱叶50克，大葱丝50克，香菜梗段50克，尖椒丝50克，鸡蛋1个

调料

甜面酱2大匙，味精1/2小匙，雀巢鸡粉1/3小匙，老抽1小匙，生粉20克，香油少许，植物油1000克（实耗100克）

做法

1 将猪肉丝用鸡蛋、生粉上浆备用，干豆腐切块备用。

2 用干豆腐将配料丝卷成卷摆于盘边。

3 锅内加入植物油烧热，放入猪肉丝滑熟，倒出控净油备用。

4 锅内加入植物油烧热，放入猪肉丝和调料翻炒入味，勾芡，淋香油，出锅盛入盘中即可。

特点 酱香滑润，咸鲜可口。

蚕蛹爆鸡心

主料

蚕蛹200克，鸡心200克

配料

香叶10克，树椒丝10克，芹菜段50克

调料

精盐1小匙，雀巢鸡粉1/2小匙，白糖1/3小匙，红油2大匙，麻油1大匙，淀粉50克，植物油1000克（实耗100克）

做法

1 将蚕蛹煮熟切开；鸡心洗净从中间切开，分别蘸匀淀粉备用。

2 锅内加入植物油烧至五成热，下入蚕蛹、鸡心炸至酥脆，捞出控净油备用。

3 炒锅内加入红油、麻油烧热，下入主料、配料和调料翻炒入味，淋香油出锅即可。

特点 麻辣鲜香，酥脆爽口。

碧绿牛肋骨肉

主料

牛肋骨肉600克

配料

西兰花200克，绿尖椒块20克，红尖椒块20克

调料

盐1小匙，雀巢鸡粉1/2小匙，白糖1/2小匙，生粉30克，老抽2大匙，蚝油1大匙，料酒2大匙，植物油30克，高汤200克

做法

1 将西兰花洗净切块；牛肋骨肉去筋，切片洗净备用。

2 锅内加水烧沸，放入西兰花焯水捞出，摆于盘四周，再放入牛肋骨肉焯透捞出。

3 锅内加入植物油烧热，放入配料炒香，再放入牛肋骨肉，添高汤调味炒香，勾芡，淋香油炒匀出锅即可。

特点 咸鲜浓郁，口感酥烂。

双椒爆巧舌

主料

猪巧舌300克

配料

杭椒100克，泰椒50克，葱姜片少许

调料

精盐1小匙，雀巢鸡粉1/2小匙，白糖、老抽各少许，红油2大匙，生粉2克，植物油20克

做法

1 杭椒、泰椒分别洗净切段；巧舌洗净备用。

2 锅内加水，放入巧舌小火煮熟，捞出切片备用。

3 炒锅内加入植物油烧热，放入葱姜片炝炒，加入杭椒、泰椒、巧舌和调料翻炒入味，勾薄芡，淋红油出锅即可。

特点 香辣脆嫩，咸鲜可口。

锅包肉丝

主料

猪肉丝300克

配料

葱丝10克，姜丝10克，蒜片10克，香菜梗10克

调料

米醋3大匙，白糖3大匙，番茄酱3大匙，精盐1/2小匙，淀粉200克，植物油1000克（实耗100克）

做法

1 淀粉放入碗内加入适量水搅匀制成糊备用。

2 将肉丝放入糊中抓匀备用。

3 锅内加入植物油烧至五成热时，将肉丝逐个下入，炸至外焦里嫩时，捞出备用。

4 炒锅内加入植物油烧热，放入配料炒香，然后再下入调味炒至黏稠时，下肉丝翻炒均匀即可。

特点 外焦里嫩，甜酸适口。

芥兰咸肉炒粉条

主料

芥兰250克

配料

咸肉50克，水晶粉100克，葱姜片少许

调料

XO酱1小匙，味精1/2小匙，美极鲜味汁1/2小匙

做法

1 芥兰去皮洗净，改成长段，焯水待用；咸肉蒸20分钟至熟，取出切片备用。

2 将水晶粉泡至四成软时捞出控水，放少许色拉油拌一下，防止炒时粉条糊锅。

3 炒锅中加色拉油烧热，下葱姜片、咸肉爆香，放入芥兰、水晶粉和调料炒至入味，出锅即可。

特点 鲜香微辣。

泡椒猪耳

主料

卤好的猪耳200克，泡甜椒条100克

配料

蒜苗100克，蒜片、姜片各10克，鲜紫苏5克

调料

柱候酱1大匙，沙嗲酱1大匙，料酒1小匙，味精1/2小匙，雀巢鸡粉1/3小匙，老抽1/2小匙，色拉油1000克，植物油100克

做法

1 将猪耳切条，蒜苗洗净切段。

2 炒锅下油烧三层热，下猪耳、泡椒滑油，倒出控油。

3 锅下植物油烧热，下姜、蒜片爆香，下原料和调料炒香，下紫苏翻炒均匀出锅装盘即可。

特点 酱香、咸酸、微辣。

豆花嫩牛柳

主料

内脂豆腐1盒

配料

牛柳100克，红绿尖椒各20克，圆葱10克，蒜末少许

调料

精盐1匙，味精1/2小匙，雀巢鸡粉1/2小匙，蚝油1小匙，白糖、料酒各1/2小匙，色拉油500克

做法

1 将内脂豆腐放入热水中汆烫，捞出装盘备用。

2 炒锅上火加色拉油烧至四成热，下入牛柳滑熟捞出。

3 锅中留底油，下入其他配料爆香，加入牛柳、调料翻炒均匀入味，盛入装有豆腐的盘子中即可。

特点 清淡滑嫩，咸鲜可口。

腊八豆爆鸭舌

主料

卤好的鸭舌200克

配料

腊八豆100克，芦笋50克，红椒条50克，葱姜片少许

调料

XO酱1小匙，美极鲜味汁1/2小匙，白糖1/2小匙，味精1/2小匙，鸡粉1/2小匙

做法

1 将卤好的鸭舌切去舌根；芦笋去皮，切成段备用。

2 锅中加入清水烧沸，下入芦笋汆烫，捞出备用。

3 炒锅留底油，下入葱姜片、腊八豆爆香，下鸭舌和配料、调料翻炒均匀入味，出锅装盘即可。

特点 清脆软嫩，咸鲜适口。

香辣鸡脆骨

主料

鸡脆骨300克

配料

红绿尖椒末20克，树椒丁、毛葱、蒜、姜末少许

调料

精盐1小匙，味精1/2小匙，美极鲜味汁1/2小匙，松肉粉1/2小匙，香油1/2小匙，咖喱粉1/2小匙，色拉油1000克（实用50克）

做法

1 将鸡脆骨洗净，流水冲10分钟，捞出控净水分，加入调料腌20分钟备用。

2 炒锅加色拉油烧至四成热，下入腌好的鸡脆骨炸熟捞出。

3 锅中留底油，放入配料爆香下入鸡脆骨、调料翻炒均匀出锅装盘即可。

特点 酥脆爽口，咸鲜香辣。

山椒小滑鸡

主料

三黄鸡300克

配料

野山椒50克

调料

精盐1/2小匙，味精1/2小匙，辣妹子酱1/2小匙，料酒2大匙，白糖1/2小匙，色拉油500克

做法

1 将三黄鸡剁成块状洗净，用精盐、味精、料酒略腌。

2 炒锅上火加色拉油烧至四成热，下入鸡块滑熟捞出备用。

3 炒锅中留底油烧热，下入野山椒爆香，然后再下入鸡块和调料翻炒入味，出锅即可。

特点 咸鲜微辣，口味浓郁。

桃仁兔腰

主料

兔腰400克

配料

鲜桃仁50克，尖椒条20克，树椒丝20克

调料

精盐1小匙，味精1/2小匙，白糖1/2小匙，雀巢鸡粉1/2小匙，料酒1小匙，红油2大匙，麻油2大匙，淀粉30克，植物油1000克（实耗100克）

做法

1 将兔腰切开去掉膜，腰臊洗净备用。

2 锅内加水烧廾放入兔腰焯熟，捞出控净水分，蘸匀淀粉备用。

3 锅内加入植物油烧至六成热时，下入兔腰炸至酥脆捞出，控油，再放入鲜核桃仁炸熟，捞出控油备用。

4 锅内加入麻油烧热，放入配料炒香，再加入兔腰核桃仁调味，淋红油，翻炒均匀出锅即可。

特点 麻辣鲜香。

PART2
清爽蔬菜小炒

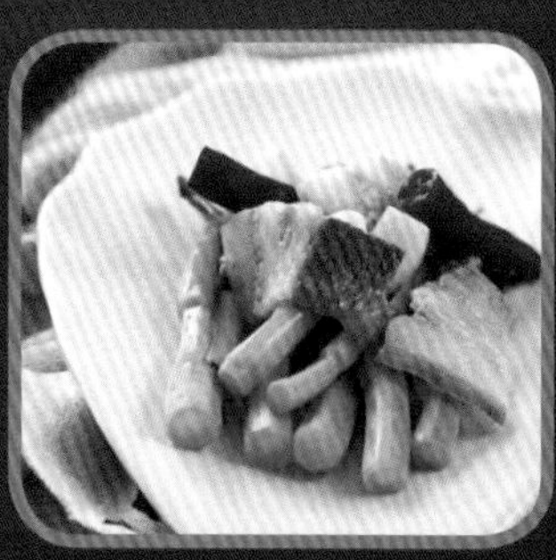

葱油白菜叶

主料
大白菜叶400克

配料
葱丝30克，红绿尖椒丝各20克

调料
精盐1小匙，植物油50克，海鲜酱油3大匙，香油1小匙

做法
1 锅内加入水烧沸，放入精盐、少许植物油、白菜叶焯熟，捞出控净水分放入窝盘内，放入配料丝，淋入海鲜酱油备用。

2 锅内加入植物油烧热，浇在葱丝、辣椒丝、白菜叶上即可。

特点 咸鲜清淡。

百合炒莴笋

主料

百合100克，莴笋300克

配料

胡萝卜片10克，葱姜片10克

调料

精盐1小匙，白糖1/2小匙，味精1/2小匙，雀巢鸡粉1/2小匙，香油少许，生粉20克，植物油30克

做法

1 将莴笋去掉老皮，切成菱形片洗净；百合掰成瓣洗净备用。

2 锅内加水烧沸，放入莴笋、百合、胡萝卜汆烫，捞出控净水分备用。

3 锅内加入植物油烧热，放入葱姜片炝炒，加入莴笋、百合、胡萝卜拌炒均匀，下入调料调味，勾芡，淋香油出锅即可。

特点 咸鲜清淡。

生炒菜心

主料

净菜心600克

配料

泰椒30克，五花肉片30克，蒜仔30克

调料

精盐1小匙，味精1/2小匙，白糖1/3小匙，雀巢鸡粉1/2小匙，香油少许，生粉20克，植物油30克

做法

1 将菜心洗净切段备用。

2 锅内放入植物油烧热，下入蒜仔、五花肉片、泰椒段炒香，然后把菜心放入煸炒至熟，调味勾芡，淋香油翻炒均匀出锅即可。

特点 咸鲜清脆。

腊味荷兰豆

主料

荷兰豆300克，腊肠50克，腊肉30克

配料

胡萝卜花10克

调料

精盐1小匙，味精1/2小匙，白糖1/2小匙，生粉20克，香油少许，植物油30克

做法

1 将荷兰豆摘去筋，腊肠腊肉分别切片备用。

2 锅内加水烧沸，放入腊肉、腊肠、荷兰豆、胡萝卜，焯水捞出控水。

3 锅内倒入少许植物油烧热，放入主料、配料炒香调味勾芡，淋香油出锅即可。

特点 咸鲜清脆。

木瓜炒虾仁百合

主料

去虾线虾仁100克，净百合100克，木瓜条200克

调料

精盐1小匙，味精1/2小匙，白糖1小匙，雀巢鸡粉1/3小匙，生粉10克，植物油30克

做法

1 锅内加入水烧沸，放入虾仁、百合、木瓜条汆烫，捞出控水备用。

2 锅内加入少许植物油加热，放入主料和调料炒香入味，淀粉勾芡，淋香油出锅即可。

特点 咸甜软糯。

清炒芥兰

主料

芥兰400克

调料

精盐1小匙，味精1/2小匙，白糖1/2小匙，雀巢鸡粉1小匙，生粉20克，香油少许

做法

1 芥兰去皮洗净，切成段备用。

2 锅内加入水烧沸，倒入芥兰汆烫，捞出控水备用。

3 炒锅加入少许植物油，放入芥兰和调料炒至入味，勾薄芡，淋香油翻炒均匀出锅即可。

特点 咸鲜爽脆。

小根蒜炒笨鸡蛋

主料

笨鸡蛋6只，小根蒜200克

调料

金黄酱3大匙，雀巢鸡粉1小匙，植物油30克

做法

1 将小根蒜去根，摘洗干净；笨鸡蛋打入碗内，搅开备用。

2 炒锅内加入植物油烧热，倒入笨鸡蛋液炒熟，然后再下入小根蒜炒香，加入金黄酱、鸡粉调味，翻炒均匀出锅即可。

特点 酱香浓郁，咸鲜适口。

山药鲜百合

主料

山药400克，净百合100克

配料

银杏50克

调料

精盐1小匙，味精1/2小匙，白糖1/3小匙，雀巢鸡粉1/3小匙，香油少许，生粉20克，植物油30克

做法

1 将山药去皮，洗净切片备用。

2 锅内加水烧沸，放入银杏、山药、百合汆烫，捞出控水备用。

3 炒锅内加入植物油烧热，倒入主料、配料、调料翻炒均匀入味，勾芡淋香油，翻炒均匀出锅即可。

特点 洁白清脆，咸鲜适口。

百合炒时蔬

主料

芥兰150克，木耳150克，净百合100克

配料

胡萝卜花20克

调料

精盐1小匙，鸡粉1/2小匙，白糖1/2小匙，生粉20克，植物油30克

做法

1 将木耳、百合摘洗干净；芥兰去皮洗净切段备用。

2 锅内加水烧沸，放入主料、配料氽烫，捞出控净水备用。

3 炒锅内加入植物油烧热，放入主料、配料和调料翻炒入味出锅即可。

特点 咸鲜清淡。

翅汤娃娃菜

主料

娃娃菜200克，发好的鱼翅30克

调料

浓高汤500克，精盐1/2小匙，味精1/2小匙，雀巢鸡粉1小匙，水淀粉10克，麦芽酚少许

做法

1 将娃娃菜洗净，改成条待用。

2 锅中加水烧沸，加少许精盐、色拉油，下娃娃菜焯好，断生捞出，沥干水待用。

3 锅内加高汤烧沸，放入娃娃菜、鱼翅，再加入调料烧2分钟入味后，用水淀粉勾芡，盛入盘中即可。

特点 浓香，咸鲜适口。

九转山药

主料

山药380克

调料

精盐1小匙，白糖2大匙，雀巢鸡粉1/2小匙，浙醋1大匙，胡椒粉1/2小匙，砂仁、肉桂各2克，高汤180克，香菜末5克，色拉油1000克（实用100克）

做法

1 将山药去皮洗净，用模具做成肥肠形状，然后下入六成热的油中炸至表面变硬至熟。

2 净锅上火，放底油下白糖炒至红色，烹入浙醋，加高汤、精盐、胡椒粉、砂仁、肉桂粉、山药，转小火靠制，见汤汁浓稠时出锅盛盘，撒香菜末即可。

特点 口感绵润，甜酸适口。

九转茄墩

主料

紫瓤茄子500克

配料

猪肉馅50克，西兰花50克，葱、姜片少许

调料

精盐1小匙，味精1/2小匙，酱油1小匙，泰国鸡酱1/2小匙，白糖1/2小匙，高汤50克，淀粉50克，色拉油500克（实用50克）

做法

1 将茄子洗净切成寸段，然后在茄子的一端挖出茄子瓤；西兰花洗净汆烫，摆在盘中备用。

2 把肉馅加入精盐、味精、酱油调成馅料，酿入茄子中，蘸上适量淀粉备用。

3 将炒锅下色拉油烧至六成热，下入茄子炸熟捞出。

4 炒锅留底油烧热，放入葱姜片炝锅，加入高汤、调料和炸好的茄墩，烧至入味，用湿淀粉勾芡，淋明油出锅装盘即可。

特点 咸鲜甜辣。

小磨豆腐

主料

小豆腐500克（超市或豆腐房有售）

配料

香葱花少许

调料

精盐1小匙，味精1/2小匙，雀巢鸡粉1/2小匙，料酒1大匙，豆油2大匙

做法

1 将买来的小豆腐，上屉蒸熟取出。

2 炒锅加入豆油烧热，放入香葱花炒出香味，烹入料酒，下入小豆腐和调料炒至入味，出锅即可。

特点 入口绵软，咸鲜清淡。

浇汁豆花

主料

内脂豆腐1盒

配料

花生碎5克，香葱丁5克，桃仁5克，红椒末5克，青椒末5克，香菜末5克，牛肉丁5克

调料

精盐1/2小匙，味精1/2小匙，鲜酱油1大匙，陈醋1小匙，白糖1/2小匙，红油1小匙，麻油1小匙

做法

1 将豆腐切成长方块，放入沸水中汆烫，捞出摆于盘中备用。

2 将调料兑成汁水，浇在烫好的豆腐上即可。

特点 麻辣略酸，咸鲜适口。

桃仁凤尾西芹

主料

西芹500克

配料

鲜桃仁50克

调料

精盐1小匙，味精1/2小匙，葱油1小匙

做法

1 将西芹洗净，去皮切成寸段，改凤尾刀，放入冰水中镇凉。

2 将镇好的西芹加入调料拌匀，装盘即可。

特点 咸鲜清淡，清脆爽口。

PART3
焖烧炖

鱼香茄子煲

主料

茄子500克

配料

葱、姜、蒜、尖椒末各10克

调料

豆瓣酱2小匙，白糖1/2小匙，蚝油1大匙，老抽1小匙，生粉30克，高汤1/2杯，味精5克，香油少许，醋1/2小匙，植物油1000克（实耗100克）

做法

1 将茄子去皮切条备用。

2 锅内加植物油烧至七成热，下入茄子条炸熟，捞出控油备用。

3 锅内加入少许植物油烧热，下入配料炒香，倒入高汤和调料调味，然后把茄条倒入略烧，勾薄芡。翻炒均匀，淋香油出锅即可。

特点 香辣，微酸，微甜。

一品豆腐

主料

大豆腐200克

配料

鱿鱼卷50克，虾球50克，蟹足棒50克，鸡蛋3只，红绿尖椒块各10克

调料

精盐1小匙，香油1/2小匙，高汤1/2杯，生粉20克，植物油30克

做法

1 窝盘内打入3只鸡蛋，加入适量的水和精盐调味备用；豆腐切丁待用。

2 蒸锅加水烧沸，把调制好的蛋液蒸熟取出待用。

3 锅中加入植物油烧至七成热，放入豆腐丁炸至外焦里嫩金黄色时，捞出控净油备用。

4 锅中加水烧开放入三鲜焯透捞出，控净水分。

5 锅中倒入少许植物油烧热，放入配菜炒香，再放入豆腐丁，添入高汤，调味，勾芡，淋明油，出锅盛在鸡蛋糕上即可。

特点 色泽金黄，咸鲜滑嫩。

香菇烧蹄筋

主料

发好的蹄筋300克，香菇100克

配料

红绿尖椒各20克，葱姜片10克

调料

精盐1小匙，老抽1/2小匙，味精1/2小匙，雀巢鸡粉1/3小匙，胡椒粉1/3小匙，白糖1/2小匙，生粉30克，高汤1/2杯

做法

1 将蹄筋、香菇分别切块备用。

2 锅内加入水烧沸，放入蹄筋、香菇焯透捞出控水备用。

3 锅中加入少许植物油烧热，下入葱姜片、红绿尖椒炒香，再放入蹄筋、香菇，添入高汤调制入味，烧至2分钟，勾芡出锅即可。

特点 色泽红润，咸鲜适口。

红烧肉焖海参

主料

红烧肉100克，发好的海参200克

配料

葱段100克

调料

精盐1小匙，味精1/2小匙，白糖1小匙，生粉20克，老抽2大匙，料酒3大匙，植物油30克，高汤100克

做法

1 锅内加水烧沸，放入海参氽烫，捞出控水备用。

2 炒锅内加入植物油烧热，下入葱段炸香，再放入红烧肉、海参、高汤和调料，调至入味，烧2分钟勾芡，翻炒均匀出锅即可。

特点 浓香适口，咸鲜味美。

香芋月牙骨

主料

月牙骨200克，芋头200克

配料

胡萝卜条50克，西芹条50克，树椒丝20克，香叶10克

调料

料酒2大匙，红油3大匙，香油少许，精盐1小匙，味精1/2小匙，白糖1/2小匙，雀巢鸡粉1/3小匙，老抽少许，生粉20克，胡椒粉少许，植物油1000克（实耗100克）

做法

1 将月牙骨切片，芋头去皮洗净，切条备用。

2 将月牙骨放入容器内，加料酒、老抽、味精、鸡粉、香油、胡椒粉腌30分钟备用。

3 锅内加入植物油烧至六成热，分别下入月牙骨、芋头炸熟，捞出控净油备用。

4 炒锅内加入红油烧热，下入配料炒香，再下入月牙骨、芋头和调料炒至入味，翻炒均匀淋香油出锅即可。

特点 咸香微辣。

红烧排骨

主料

精排骨300克

配料

红绿尖椒50克，香叶5克，大料5克，花椒5克，葱姜片少许

调料

精盐1小匙，味精1/2小匙，白糖1/2小匙，雀巢鸡粉1小匙，酱油2大匙，香油少许，料酒2大匙，植物油2000克（实耗100克），细辣椒粉5克

做法

1 将排骨洗净，剁成寸段，放入沸水中汆烫，去除血沫备用。

2 取一汤锅，加入适量清水烧沸，放入香叶、大料、花椒、葱姜片、精盐、味精、白糖、酱油兑成汤汁，然后把排骨下入煮熟，捞出备用。

3 炒锅内加入植物油烧热，下入葱姜片、红绿尖椒炝炒片刻，把排骨放入锅中，加入调料烧至入味，淀粉勾芡，出锅即可。

特点 色泽红润，咸香适口。

锅烧鸭煲

主料

樱桃谷鸭1只

配料

葱段50克，姜片50克

调料

精盐1小匙，味精1/2大匙，白糖1大匙，雀巢鸡粉1小匙，料酒2大匙，辣椒粉1大匙，花椒粉1小匙，熟芝麻5克，植物油1000克（实耗100克）

做法

1 鸭子去除内脏，洗净，剁成块状，放入锅内加适量水和调料煮熟，捞出控水备用。

2 锅内加入植物油烧至七成热，下入鸭子炸至片刻，捞出控油。

3 炒锅加入植物油烧热，下入葱姜片略炒，下入原料和调料烧至入味，盛入煲中即可食用。

特点 咸鲜微辣，口味浓郁。

鸽蛋烧鸡翅

主料

鸡中翅400克

配料

熟鸽蛋100克，红、绿椒块各20克

调料

精盐1小匙，雀巢鸡粉1/2小匙，蚝油2大匙，老抽1小匙，生粉30克，植物油1000克（实耗100克），高汤500克

做法

1 将鸡中翅剁成块状；鸽蛋去皮备用。

2 锅内加入植物油烧至五成热，分别下鸡翅、鸽蛋炸至金黄色捞出控油备用。

3 锅内加入少许植物油烧热，放入红绿椒块炒香，下入高汤、鸡翅、鸽蛋、调料烧至入味，勾芡翻炒均匀出锅即可。

特点 咸鲜浓郁。

干锅钵钵鸡

主料

鸡肉500克

配料

土豆片、藕片、青笋条各50克，葱、姜、蒜各30克，野山椒50克，香菜5克

调料

精盐1小匙，味精1/2小匙，雀巢鸡粉1/2大匙，胡椒粉1/2小匙，白酒10克，干辣椒50克，色拉油100克

做法

1 将鸡肉洗净剁成块。

2 锅中加油烧热，放葱姜蒜、野山椒、鸡块一起用小火拌炒5分钟盛出备用。

3 另起锅加油烧热，下入土豆片、藕片、笋条、干辣椒略炒片刻，加入调料炒至原料金黄色时再放入鸡块翻炒，烹入白酒爆香，小火炒熟出锅装盘即可。

特点 浓香鲜辣。

酸菜肘子

主料
酸菜200克，熟肘子300克
配料
葱段5克，姜片5克，大料1个，香葱丁、香菜段各少许
调料
精盐1小匙，味精1/2小匙，胡椒粉1小匙，雀巢鸡粉1/2小匙，高汤1000克，豆油2大匙
做法
1 将酸菜切成丝洗净，焯水挤干水分待用。

2 将肘子切成块待用。

3 炒锅上火加热，下豆油大火烧至三成热时，下入配料爆香，加入酸菜拌炒出香味，加入高汤、肘子块大火烧沸，加入精盐、味精、胡椒粉、雀巢鸡粉小火炖20分钟，出锅撒上香葱和香菜即可。

特点 浓香适口，咸鲜味美。

砂锅狮子头

主料
精肉馅200克
配料
五花肉丁10克，马蹄20克，葱段3克，姜片2克，菜胆1个
调料
精盐1小匙，味精1/2小匙，鸡粉1/2小匙，鸡蛋清1个，生粉2克，胡椒粉1/2小匙，高汤500克
做法
1 将马蹄洗净，去皮剁碎与五花肉丁、肉馅、调料制成馅料备用。

2 炒锅上火加适量水加热烧沸，改小火把调好的馅料做成丸子形状，下入锅中汆熟捞出，菜胆洗净。

3 取一砂锅，下高汤烧沸，改小火放入狮子头、葱段、姜片、调料煨30分钟入味后，放入菜胆出锅即可。

特点 香而不腻，咸鲜适口。

PART4
美味小海鲜

海参豆腐

主料

豆腐300克

配料

虾泥50克，香菇末50克，鸡蛋1只，红、绿尖椒条各20克

调料

精盐1小匙，味精1/2小匙，雀巢鸡粉1/3小匙，老抽、香油各少许，生粉50克，蚝油1/2小匙，白糖1/2小匙，植物油1000克（实耗100克），高汤1/2杯

做法

1 容器内放入豆腐、虾泥、香菇末、鸡蛋拌匀，再加入生粉上劲至成豆腐泥备用。

2 锅内倒入植物油烧至七成热，把豆腐泥用手挤成海参形，逐个下入油锅中炸至外酥里嫩捞出控净油备用。

3 锅内放入少许植物油烧热，下入配菜炒香，添高汤和调料调至入味，然后将炸好豆腐放入焖2分钟，勾薄芡，翻炒均匀，淋香油出锅即可。

特点 造型逼真，咸鲜可口。

芦笋炒墨鱼卷

主料

墨鱼卷200克，嫩芦笋200克

配料

胡萝卜10克，葱姜片少许

调料

精盐1小匙，味精1/2小匙，白糖1/2小匙，胡椒粉少许，生粉20克，雀巢鸡粉1/3小匙

做法

1 芦笋洗净切4厘米段备用。

2 锅内加入水烧沸，放入墨鱼卷氽烫，再放入芦笋烫一下，捞出控净水分备用。

3 锅内加入少许植物油烧热，下入葱姜片、胡萝卜片炒香，再放入墨鱼卷、芦笋翻炒片刻，加入调料调制入味，勾芡出锅即可。

特点 色泽分明，咸鲜清淡。

青瓜炒虾仁

主料

黄瓜300克，虾仁100克

配料

胡萝卜10克，葱姜片10克

调料

精盐1小匙，味精1/2小匙，白糖1/3小匙，雀巢鸡粉1/2小匙，香油少许，生粉20克，植物油30克

做法

1 将黄瓜去皮切条；虾仁洗净，去除虾线备用。

2 锅内加水烧沸，放入虾仁青瓜条胡萝卜氽烫，捞出控净水分。

3 锅内放入少许植物油烧热，放入葱姜片炝锅，下入虾仁、青瓜、胡萝卜拌炒，加入调料调味，翻炒均匀，勾薄芡，淋香油出锅即可。

特点 咸鲜适口。

黄瓜钱炒螺片

主料

黄瓜500克，海螺片50克

配料

胡萝卜花10克，葱姜片10克

调料

精盐3大匙，味精1/2小匙，白糖1/2小匙，雀巢鸡粉1/2小匙，香油少许，生粉20克，植物油30克

做法

1 将黄瓜顶刀切厚片，放入适量精盐腌2小时，去净水分，用冷水冲洗备用。

2 锅内加水烧沸，放入螺片黄瓜钱氽烫，捞出控净水分备用。

3 锅内倒入少许植物油烧热，下入葱姜片炝锅，放入螺片、胡萝卜、黄瓜钱调味翻炒均匀，勾薄芡，淋香油出锅即可。

特点 咸鲜清脆。

红烧黄鳝段

主料

净鳝段400克

配料

葱花10克，姜片10克，蒜仔10克，红、绿尖椒条各20克

调料

精盐1小匙，味精1/2小匙，白糖1小匙，雀巢鸡粉13小匙，老抽1大匙，料酒2大匙，蚝油1大匙，生粉50克，植物油50克，高汤100克

做法

1 锅内加水烧沸，放入黄鳝段焯熟，捞出控水备用。

2 锅内加入植物油烧热，放入所有配料炒出香味，然后再把黄鳝段放入，加入高汤和调料调至入味，烧2分钟后勾芡，淋香油出锅即可。

特点 色泽红润，咸鲜适口。

蟹肉扒西兰花

主料

蟹肉50克，西兰花块400克，蒜茸20克

调料

精盐1小匙，味精1/2小匙，白糖1/2小匙，高汤100克

做法

1 锅中加入清水烧沸，放入西兰花焯熟，捞出控水备用。

2 炒锅加入少许植物油，下入蒜茸炒出香味，倒入西兰花和调料拌炒入味，勾芡，淋香油出锅码于盘中待用。

3 炒锅中加入少许植物油烧热，添少许高汤，下入蟹肉和调味烧至入味，勾芡，淋香油在西兰花上即可。

特点 咸鲜清脆，蒜香味浓。

椒香鲍鱼

主料

大连鲍10只

配料

红、绿尖椒末各10克，葱花5克，姜片10克，油菜4棵

调料

蚝油1小匙，味精1/2匙，白糖1/2小匙，雀巢鸡粉1小匙，烧汁1小匙，老抽少许，湘辣妹酱1小匙，红油3大匙，料酒1小匙，高汤100克，生粉20克，植物油30克

做法

1 将大连鲍去壳洗净，在表面切十字花刀，放入水中汆烫捞出备用。

2 鲍鱼壳洗净摆于盘边做盘饰，油菜洗净切开备用。

3 把油菜放入油、盐水中汆烫，捞出摆在鲍鱼壳边备用。

4 炒锅加入植物油烧热，下入葱花、姜片、红绿尖椒末炒香，下入鲍鱼和调料翻炒片刻，勾芡，淋香油出锅即可。

特点 香辣滑润，浓香可口。

天妇罗虾

主料

大虾10只

配料

姜末10克，红椒米10克

调料

大红浙醋5大匙，精盐1小匙，味精1/2小匙，白糖1小匙，胡椒粉、香油少许，天妇罗粉200克，植物油400克（实耗60克）

做法

1 锅内加水烧沸，放入带尾虾焯熟备用。

2 天妇罗粉放在容器中，加入适量的水、植物油搅成糊。

3 姜末、红椒末、大红浙醋调成的汁水备用。

4 锅内加入植物油烧热，将带尾虾逐个蘸上糊下入油中，炸熟捞出摆在盘中，蘸汁食用即可。

特点 酥脆可口。

酱焖老头鱼

主料

老头鱼400克

配料

葱花20克，姜片20克，干辣椒块10克

调料

金黄酱3大匙，味精1/2小匙，雀巢鸡粉1小匙，老抽1大匙，香油少许，生粉30克，植物油1000克（实耗100克），高汤200克

做法

1 将老头鱼去鳞、鳃、内脏洗净备用。

2 锅内加入植物油烧至七成热，下入老头鱼炸制片刻，捞出控净油备用。

3 炒锅内下入少许植物油，下入葱花、姜片、金黄酱、干辣椒炒香，添入高汤及调料调味，放入老头鱼焖3分钟，勾芡，淋香油出锅即可。

特点 酱香味浓，咸鲜适口。

百灵菇炒鳝段

主料

净黄鳝鱼200克，鲜百灵菇200克

配料

红、绿尖椒条各20克，葱花、姜片各10克

调料

精盐1小匙，酱油1小匙，味精1/2小匙，白糖1/2小匙，雀巢鸡粉1小匙，料酒2大匙，蚝油1大匙，生粉30克，红油1大匙，植物油1000克（实耗100克），高汤100克

做法

1 将黄鳝切成段洗净；百灵菇切条洗净备用。

2 锅内加水烧沸，分别放入黄鳝段、百灵菇氽烫备用。

3 锅内加入植物油烧至五成热时，下入百灵菇、黄鳝段滑油，捞出控油备用。

4 炒锅内加植物油烧热，下入配料炒香，再下入主料和调料调味，慢火烧至2分钟，勾芡，淋红油翻炒均匀出锅即可。

特点 麻辣鲜香。

碧绿蟹粉河虾仁

主料

虾仁300克

配料

西芹200克，蟹粉5克，鸡蛋清一个

调料

精盐1小匙，雀巢鸡粉1/2小匙，白糖1/2小匙，生粉30克，植物油1000克（实耗100克）

做法

1 将虾仁去除虾线，沥干水分，用蛋清、生粉上浆备用。

2 西芹洗净切片，锅内加水烧沸，放入西芹焯一下捞出备用。

3 锅内加入植物油，烧至四成热，下入虾仁滑熟，捞出控净油备用。

4 锅内放入植物油烧热，倒入虾仁、西芹和调料翻炒均匀入味，勾薄芡出锅盛入盘中，上面撒上蟹粉即可。

特点 咸鲜滑嫩。

木瓜墨鱼卷

主料

大墨鱼600克

配料

西芹条100克，木瓜条100克，鸡蛋4个

调料

盐1小匙，味精1/2小匙，雀巢鸡粉1/2小匙，料酒1大匙，面包糠300克，淀粉50克

做法

1 将墨鱼搅碎制成墨鱼胶，加入调料、蛋清、生粉，摔打上劲，放在方盘中铺平备用；鸡蛋打入碗内搅散。

2 蒸箱烧沸，放入墨鱼胶蒸熟取出，铺在盘子上卷入西芹条、木瓜条，卷紧蘸匀淀粉，蘸蛋液，再蘸匀面包糠备用。

3 锅内加入植物油烧至四成热，下入墨鱼卷，炸至金黄捞出，切段即可。

特点 咸鲜酥脆，造型美观。

可口生蚝

主料

蛎蝗200克

配料

洋葱末20克，绿尖椒末20克，红尖椒末20克，鸡蛋2个

调料

精盐1小匙，味精1/2小匙，雀巢鸡粉1/2小匙，白糖1/3小匙，香油少许，植物油1000克（实耗100克），淀粉100克，面粉50克

做法

1 将蛎蝗洗净，下入沸水中汆烫，立刻捞出冲凉，沥干水分蘸均淀粉备用。

2 碗内放入淀粉、面粉、鸡蛋、适量水、油搅拌均匀成糊状待用。

3 锅内加入植物油烧热，将生蚝蘸糊逐个下入油中，炸熟捞出备用。

4 锅内加入少许植物油烧热，下入配料炒香，然后再下入生蚝，调味翻炒均匀出锅即可。

特点 咸鲜软嫩，鲜香可口。

人参熘虾段

主料

大虾10只，人参1棵

配料

绿尖椒20克，红尖椒20克

调料

精盐1小匙，味精1/2小匙，白糖1/2小匙，雀巢鸡粉1/3小匙，老抽1小匙，番茄酱1小匙，料酒1小匙，生粉20克，淀粉150克，植物油1000克（实耗100克）

做法

1 将人参切长方片；大虾去头、尾、壳，留虾肉吸干水分备用。

2 碗内加入淀粉、适量水搅匀制成糊状备用。

3 锅内加入植物油烧至五成热，将虾肉蘸匀糊，逐个下入油内，炸至外焦里嫩，捞出控净油备用。

4 炒锅内放入少许植物油烧热，放入人参片和配料略炒，下入炸好的大虾、调料翻炒均匀入味，勾芡淋明油出锅即可。

特点 咸鲜微脆，色泽金黄。

杭椒炒银鱼

主料

杭椒200克，银鱼200克

调料

精盐1小匙，味精1/2小匙，白糖1/2小匙，雀巢鸡粉1/2小匙，料酒1小匙，生粉20克，植物油30克，香油少许

做法

1 将杭椒洗净切段；银鱼洗净备用。

2 锅内加水烧沸，放入银鱼汆烫，捞出控净水分备用。

3 炒锅内加入植物油烧热，放入杭椒炒片刻，再放入银鱼和调料调味，翻炒均匀，淋香油出锅即可。

特点 色泽分明，咸鲜清脆。

蜜豆茭白炒螺片

主料
甜蜜豆200克，茭白200克，海螺肉100克

配料
胡萝卜花20克

调料
精盐1小匙，味精1/2小匙，雀巢鸡粉1/3小匙，生粉20克，香油少许，植物油30克

做法
1 将蜜豆去筋洗净；茭白去皮切片；海螺片用盐、生粉抓洗干净备用。

2 锅内加水烧沸，分别将甜蜜豆、茭白、海螺肉氽烫，捞出控净水分。

3 炒锅内加入植物油烧热，放入主料、配料和调料翻炒入味，勾薄芡淋香油，翻炒均匀出锅即可。

特点 清淡爽脆，咸鲜适口。

瑶柱扒芥菜

主料
净芥菜400克

配料
瑶柱丝30克

调料
精盐1小匙，味精1/2小匙，雀巢鸡粉1/2小匙，生粉20克，植物油30克，高汤200克

做法
1 将芥菜洗净切成条备用。

2 锅内加水烧沸，放入芥菜氽烫，摆于盘中备用。

3 炒锅内加入少许植物油烧热，放入瑶柱丝炒香，再加入高汤、调料调至入味，勾薄芡浇在芥菜上即可。

特点 咸鲜可口，汤鲜味美。

烧汁银雪鱼

主料

银雪鱼400克

配料

鸡蛋2只，蒜末10克，红、绿椒块各10克

调料

日本烧汁2大匙，味精1/2小匙，老抽1/2小匙，雀巢鸡粉1小匙，生粉20克，淀粉100克，植物油1000克，（实耗100克）高汤100克

做法

1 将鸡蛋打入碗内搅匀备用。

2 银雪鱼切条，分别蘸匀淀粉、鸡蛋液备用。

3 锅内加入植物油烧热至五成热，下入银雪鱼条炸至金黄色，捞出控油。

4 锅内加入少许植物油烧热，下入蒜末、红绿椒块炒香，添入高汤、调料调味，下入银雪鱼条，勾芡，淋香油翻炒均匀，出锅即可。

特点 咸鲜微甜。

全家福

主料

虾仁50克，带子50克，鱿鱼卷150克，海参段50克

配料

鹌鹑蛋10个，红、绿尖椒块各20克

调料

精盐1小匙，味精1/2小匙，白糖1/2小匙，雀巢鸡粉1小匙，老抽1大匙，料酒2大匙，蚝油1大匙，生粉30克，植物油1000克（实耗100克），老汤100克，香油少许

做法

1 锅中加入水烧沸，放入主料焯熟，捞出控水备用。

2 锅内加入植物油烧至四成热，下入鹌鹑蛋炸至金黄色，再倒入主料滑油，捞出控油备用。

3 锅留底油烧热，倒入红绿尖椒块炒香，再放入主料炒至均匀，添入高汤，调至入味，勾芡，淋香油出锅即可。

特点 口味浓郁，咸鲜味香。

杭椒炒黄鳝

主料

黄鳝300克

配料

杭椒100克

调料

精盐1/2小匙，味精1/2小匙，雀巢鸡粉1/2小匙，白糖1/2小匙，花生酱1/2小匙，海鲜酱1小匙，柱候酱1/2小匙，蚝油1/2小匙，高汤10克，色拉油1000克（实用50克）

做法

1 将黄鳝处理干净，切成段洗净；杭椒切去尾部，切成段待用。

2 锅中加入清水烧沸，分别将黄鳝、杭椒焯水，捞出控净，然后再把黄鳝、杭椒下入五成热的油锅中滑油，捞出控油备用。

3 炒锅留底油烧热，放入原料、调料翻炒均匀入味，出锅装盘即可。

特点 清淡爽脆，咸鲜可口。

生嗜鱼头

主料
鱼头500克

配料
香葱段5克，蒜瓣10克，红、绿尖椒圈各5克，香菜段5克，毛葱瓣3克

调料
蚝油1小匙，味精1/2小匙，白糖1/2小匙，海鲜酱1/2小匙，柱候酱1/2小匙，花生酱1/2小匙，雀巢鸡粉1/2小匙，南乳1/2小匙

做法
1 将鱼头去鳞、鳃洗净，剁成块待用。

2 将所有调料混合兑成生嗜酱。

3 将炒锅加热，放底油下入生嗜酱、葱段、大蒜、毛葱爆香，然后放入鱼头翻炒片刻，盖上盖小火焖熟，出锅时放入红绿尖椒圈、香菜段翻炒均匀即可。

特点 口味浓郁，咸鲜微甜。

泰式烧海参

主料
发好的海参300克

配料
油菜2棵，红、绿尖椒末3克，圆葱末3克

调料
泰国鸡酱2大匙，精盐1小匙，白糖1/2小匙，高汤50克

做法
1 将发好的海参改成条；油菜氽水，冲凉待用。

2 炒锅下底油，放入圆葱末、红绿尖椒末爆香，然后下入调料、海参烧至入味，翻炒均匀出锅，把氽烫好的油菜放入即可。

特点 咸甜微辣，营养丰富。

捞汁芥兰北极贝

主料

北极贝100克

配料

芥兰200克，泰椒圈5克，香葱丁5克

调料

美极鲜味汁2大匙，矿泉水100克，陈醋2大匙，香醋2大匙，辣鲜露2大匙，蚝油1大匙，白糖2大匙，辣根1/2小匙，鲜露1大匙，冰块50克

做法

1 将北极贝处理干净，切成条；将芥兰去外皮，用插板插成丝，放于冰水中待用。

2 将调料兑成捞汁。

3 将芥兰丝捞出，沥去水放入盛器中，上面放上北极贝，浇入捞汁，撒泰椒圈、葱丁即可。

特点 清爽鲜辣略带酸。

香葱原味螺

主料

大海螺500克

配料

香葱50克

调料

金黄酱1小匙，味精1小匙，白糖1/2小匙，葱油5克

做法

1 将海螺去壳洗净，片成薄片，放入沸水中轻焯，快速捞出冲凉待用。

2 香葱摘洗干净，切成寸段备用。

3 把螺片和香葱放入盛器内，加入调料拌匀入味，装盘即可。

特点 酱香浓厚，咸鲜爽脆。

螺片荷兰豆

主料

荷兰豆200克，海螺200克

调料

精盐1小匙，味精1/2小匙，白糖1/2小匙，雀巢鸡粉1/2小匙，葱油1小匙

做法

1 将荷兰豆摘去筋，洗净切成丝，放入沸水中氽烫，捞出冲凉待用。

2 将海螺去壳取肉洗净，片成薄片，放入沸水中氽烫，捞出冲凉。

3 将荷兰豆丝，螺片放入盛器中，加入调料一起拌匀装盘即可。

特点 咸鲜清脆。

捞汁芦荟鲜海蜇

主料

鲜海蜇100克，芦荟200克

配料

青椒末、红椒末、香菜末、柿子丁共30克

调料

精盐1/2小匙，苹果醋15大匙，麻油1/2小匙，芥末油1/2小匙

做法

1 将配料、调料放在一起兑成捞汁。

2 将海蜇切丝冲水去盐分；芦荟去皮，切成细条，放入沸水中氽烫，捞出冲凉。

3 把海蜇丝、芦荟放入盛器，淋上兑好的捞汁即可。

特点 甜酸微辣，清凉适口。

PART5
健康菌类

草菇炒芦笋

主料

草菇200克，嫩芦笋200克

配料

胡萝卜片10克

调料

精盐1小匙，味精1/2小匙，白糖1/3小匙，雀巢鸡粉1小匙，香油少许，生粉20克

做法

1 草菇从中间切开一分为二，洗净；嫩芦笋洗净同样切成段备用。

2 锅内加入水烧沸，放入草菇、胡萝卜片、芦笋汆烫，捞出控水备用。

3 锅内加入植物油烧热，下入葱花炝炒，然后放入草菇、胡萝卜、芦笋拌炒均匀，加入调料炒香入味，勾芡，淋香油出锅即可。

特点 咸鲜清淡。

烧二冬

主料

鲜冬笋100克，香菇200克

配料

葱段50克，姜片30克

调料

精盐1小匙，味精1/2小匙，白糖1/3小匙，雀巢鸡粉1小匙，老抽1大匙，料酒2大匙，蚝油1大匙，生粉30克，植物油30克，高汤100克

做法

1 将冬笋去皮切片，香菇去根切块，分别洗净备用。

2 锅内加水烧沸，放入冬笋、香菇焯熟，捞出控净水分备用。

3 炒锅加入植物油烧热，下入葱姜炒香，再放入主料、高汤及调料调至入味，慢火烧2分钟，勾芡，淋香油出锅即可。

特点 色泽红润，咸鲜适口。

干煸茶树菇

主料

茶树菇400克

配料

香葱段50克，树椒丁20克，五花肉末30克，蒜末20克

调料

精盐1/2小匙，美极鲜1小匙，李锦记XO酱1大匙，味精1小匙，白糖1小匙，香油少许，红油1大匙，植物油1000克（实耗100克）

做法

1 将茶树菇去根洗净，切段备用。

2 锅内加水烧沸，放入茶树菇焯熟，捞出控水备用。

3 锅内加入植物油烧至五成热，下入茶树菇炸干，捞出控油备用。

4 炒锅内加入红油，下入五花肉末、树椒丁、香葱、茶树菇炒至入味，翻炒均匀，淋香油出锅即可。

特点 香辣脆嫩，咸鲜可口。

XO酱爆松茸

主料

鲜松茸400克

配料

红、绿尖椒块各20克，葱、姜各少许

调料

李锦记XO酱3大匙半，味精1/2小匙，白糖1/2小匙，植物油30克，生粉20克，香油少许

做法

1 将鲜松茸洗净，切片备用。

2 锅内加水烧沸，下入鲜松茸氽烫备用。

3 炒锅加入植物油烧热，下入放入葱姜炝炒，然后把松茸、红绿椒块及调料炒匀入味，勾薄芡淋香油，翻炒均匀出锅即可。

特点 鲜香适口。

奶油杏鲍菇

主料

杏鲍菇400克

配料

西兰花200克

调料

雀巢淡奶油150克，黄油3大匙，精盐1/2小匙，胡椒粉1/2小匙

做法

1 将西兰花洗净，切小朵；杏鲍菇切片备用。

2 锅内加水烧沸，放入西兰花氽烫捞出，控净水分摆于盘子四周备用。

3 炒锅内加入黄油炒化，放入杏鲍菇煸炒2分钟，加入淡奶油、精盐小火焖至奶汁浓稠时，下入胡椒粉拌炒均匀，出锅装于盘子中间即可。

特点 奶香滑润，软糯适口。

红烧猴头菇

主料

水发猴头菇400克

配料

红、绿尖椒块各20克，葱、姜片各少许

调料

精盐1小匙，味精1/2小匙，白糖1/2小匙，雀巢鸡粉1小匙，老抽1大匙，高汤100克，植物油30克，香油少许，生粉20克

做法

1 将水发猴头用流水冲洗，去除杂味，切成块备用。

2 锅内加水烧沸，放入猴头菇氽烫，捞出控水备用。

3 炒锅内加入植物油烧热，放入配菜炒香，再放入猴头菇，添入高汤调味烧2分钟，勾芡淋香油翻炒均匀出锅即可。

特点 咸鲜可口，软嫩适宜。

葱烧木耳

主料

木耳400克

配料

大葱段100克

调料

精盐1小匙，味精1/2小匙，白糖1/2小匙，老抽1大匙，雀巢鸡粉1小匙，料酒3大匙，高汤少许，生粉20克，植物油30克

做法

1 将木耳摘洗干净备用。

2 锅内加入开沸，放入木耳氽烫，捞出控水备用。

3 炒锅内加入植物油烧热，放入葱段炸至金黄色时，再放入木耳拌炒片刻，加入少许高汤和调料调味，勾芡翻炒均匀出锅即可。

特点 咸鲜适口，葱香浓郁。

雪花松茸

主料

鲜松茸200克

配料

鸡蛋4个取清，牛奶1/2袋

调料

精盐1小匙，味精1/2小匙，白糖1/2小匙，雀巢鸡粉1小匙，生粉20克，植物油30克，鸡汁1/2小匙，生粉50克，香油少许

做法

1 将蛋清放在器皿中，放入牛奶按1:1比例调匀，加入精盐调味，打散备用。

2 将松茸切片洗净，放入沸水中氽烫，捞出控水备用。

3 炒锅内放入植物油烧热，放入蛋清炒至雪花状盛于盘中铺开待用。

4 炒锅内加入植物油烧热，放入松茸片和调料调味，勾芡淋香油，翻炒均匀盛在蛋上即可。

特点 洁白滑嫩，咸鲜适口。

香酥杏鲍菇

主料

杏鲍菇400克

配料

鸡蛋2只

调料

蒜茸辣酱3大匙，番茄酱3大匙，白糖5大匙，醋5大匙，淀粉50克，面包糠200克，生粉20克，植物油1000克（实耗100克）

做法

1 将杏鲍菇洗净切条，锅内加水烧沸，放入杏鲍菇汆烫，捞出控水备用。

2 把杏鲍菇蘸匀淀粉，再蘸蛋液，然后在蘸匀面包糠备用。

3 锅内加入植物油烧至五成热时，逐个下入杏鲍菇炸熟，捞出控油摆于盘中。

4 炒锅内加入少许植物油，下入番茄酱，蒜茸辣酱，白糖醋，加入少许水烧至入味，勾芡炒匀，淋明油浇在杏鲍菇上即可。

特点 酸甜辣味，柔和适口。

牛柳杏鲍菇

主料

牛黄瓜肉200克，杏鲍菇300克

配料

红、绿尖椒块各20克

调料

蒜茸辣酱1大匙，味精1/2小匙，蚝油2大匙，白糖1/2小匙，料酒2大匙，红油2大匙，老抽、香油少许，植物油1000克（实耗100克），高汤100克，生粉30克

做法

1 将黄瓜肉切片，放入容器内加入料酒、少许生粉和精盐味口，腌制片刻；杏鲍菇洗净切片备用。

2 锅内加入植物油烧热，分别下入牛柳，杏鲍菇滑熟，捞出控油备用。

3 炒锅内加入植物油烧热，放入蒜茸辣酱炒香，添入高汤及调料调味，下入牛柳，杏鲍菇烧2分钟，勾芡淋红油，翻炒均匀出锅即可。

特点 咸香滑润，香辣适口。

凉瓜木耳炒松茸

主料

苦瓜100克，木耳200克，松茸片100克

配料

红尖椒块10克

调料

精盐1小匙，味精1/2小匙，雀巢鸡粉1/3小匙，料酒1小匙，香油少许，生粉20克，植物油30克

做法

1 将苦瓜去除内瓤，切片；木耳摘洗干净备用。

2 锅内加水烧沸，分别放入松茸、木耳、苦瓜氽烫，捞出控水备用。

3 炒锅内加入植物油烧热，倒入主料、配料和调料翻炒均匀入味，勾芡淋香油出锅即可。

特点 咸鲜微苦。

美味煎香菇

主料

香菇300克

配料

肉末150克，葱花20克，鸡蛋2个

调料

精盐1小匙，味精1/2小匙，雀巢鸡粉1/3小匙，美极鲜酱油1大匙，豆油60克，淀粉30克

做法

1 将香菇去蒂洗净；鸡蛋打入碗内搅匀；肉末加入葱花和调料略腌片刻备用。

2 锅内加水烧沸，放入香菇汆烫，捞出冲凉，吸干水备用。

3 将香菇蘸匀淀粉，抹上肉末，蘸匀鸡蛋液备用。

4 煎锅内加入豆油烧热，放入香菇煎熟，出锅摆盘即可食用。

特点 菇香浓郁，咸鲜适口。

鹅肝酱焗松茸

主料

松茸400克

配料

蒜末10克，红绿椒块各10克

调料

鹅肝酱50克，味精1/2小匙，香油少许，植物油1000克（实耗100克）

做法

1 将松茸洗净切片，锅内放入适量水烧沸，放入松茸焯透，捞出冲凉控干水分，蘸匀淀粉备用。

2 锅内加入植物油烧至五成热，下松茸快速滑油，捞出控油备用。

3 炒锅内加入植物油，下配料炒香，再下松茸和调料拌炒均匀入味，出锅即可。

特点 酱香味浓，咸鲜可口。

PART6
焗烤煎炸

香辣薯条

主料

土豆300克

配料

芹菜段50克，树椒20克

调料

精盐1小匙，味精1/2小匙，白糖1/3小匙，香油少许，红油2大匙，淀粉30克，植物油1000克（实耗100克）

做法

1 将土豆洗净，切成条状，放入冷水浸泡，去除多余的淀粉备用。

2 将土豆条捞出控净水分，蘸少许淀粉拌均匀待用。

3 锅内加植物油烧至五成热，下入土豆条炸至酥脆金黄色时，捞出控净油备用。

4 锅内倒入红油烧热，下入配料炒香再放入土豆条调味，淋香油出锅即可。

特点 咸先酥脆，香辣适口。

软炸虾仁

主料
虾仁200克

配料
鸡蛋2只

调料
精盐1小匙，味精1/2小匙，白糖1/3小匙，料酒2小匙，香油、胡椒粉少许，淀粉100克，面粉50克，植物油1000克（实耗100克）

做法
1 将虾仁去除虾线，吸干水分调味腌制5分钟备用。

2 把鸡蛋、淀粉、面粉、植物油、水调成软炸糊。

3 锅内加入植物油烧至五成热时，将虾仁放入糊中，逐个下入油中炸熟，捞出控油装盘即可。

特点 色泽清爽，咸鲜适口。

烤四喜蛋

主料

乌鸡蛋5个，笨鸡蛋5个，地瓜150克，土豆150克

配料

肉末50克，大豆腐50克

调料

海鲜酱5大匙，蚝油5大匙，蜂蜜5大匙，精盐少许，金黄酱5大匙，味精1小匙，雀巢鸡粉1小匙，白糖1小匙，生粉50克，老抽20克，植物油50克

做法

1 将土豆、地瓜分别修成鸡蛋形洗净；乌鸡蛋、笨鸡蛋分别煮熟备用。

2 把锡纸撕成小块，将乌鸡蛋和笨鸡蛋分别抹上海鲜酱、蚝油、蜂蜜用锡纸包好备用。

3 烤箱温度至200摄氏度时，将土豆、地瓜、乌鸡蛋、笨鸡蛋放在烤盘上，烤15分钟装于盘中备用。

4 炒锅内加入少许植物油，下入肉末、豆腐及调料炒香调味，勾芡淋香油，盛入小碗中用原料蘸食即可。

特点 咸鲜可口。

培根肉煎刺嫩芽

主料

培根肉6片，鲜刺嫩芽200克

配料

鸡蛋2个

调料

精盐1小匙，雀巢鸡粉1/2小匙，白糖1/2小匙，豆油50克，淀粉30克

做法

1 将刺嫩芽洗干净切段，加入调料味口待用；培根肉从中间切开一分为二；鸡蛋打入碗内，搅匀备用。

2 将培根肉蘸匀淀粉，逐个卷入刺嫩芽，做成培根卷备用。

3 把培根卷蘸匀蛋液，锅内加入豆油烧热。逐个下入培根卷，两面煎熟，成金黄色出锅即可。

特点 荤素搭配，咸鲜适口。

脆皮香芋

主料
芋头500克

配料
鸡蛋4个，面包糠50克

调料
白糖1大匙，炼乳1大匙，色拉油2000克

做法
1 将芋头去皮洗净蒸熟，捣成泥加白糖和均匀。

2 把捣好的芋头泥做成小饼状，拍粉蘸蛋液蘸面包糠备用。

3 炒锅上火加色拉油烧至四成热，下入芋饼炸成金黄色，捞出装盘，蘸炼乳食用即可。

特点 香甜酥脆。

脆皮盐焗鸡

主料

三黄鸡1只（约1000克）

配料

西芹200克，香葱100克

调料

盐焗鸡粉100克，沙姜粉100克，精盐5大匙，味精5大匙，麦芽酚1大匙，脆皮水500克，色拉油1000克（实用50克）

附：脆皮水——白米醋500克、麦芽糖350克、大红浙醋100克、双蒸酒50克

做法

1 将三黄鸡处理干净，用盐焗鸡粉、沙姜粉、精盐、味精、麦芽酚均匀地抹在鸡的外皮和内膛，再将配料塞入鸡膛中腌制30分钟待用。

2 将腌好的鸡放入90摄氏度的水中浸30分钟，取出洗去鸡身上的浮油，然后再浇上脆皮水，用挂钩挂在通风处晾24小时。

3 锅中加入色拉油烧热，将晾好的鸡下入锅中，炸至枣红色，皮脆肉香时，捞出斩件，摆盘即可。

特点 香脆可口，酥香味美。

PART7 凉拌菜

美极生食豆腐

主料

大豆腐1块（500克）

配料

香葱100克，香菜50克，苦苣1棵，毛葱50克，小柿子1个

调料

蚝油1大匙，美极鲜味汁2大匙，红油1小匙，生豆油1大匙

做法

1 将豆腐抓碎；香葱、香菜分别洗干净，切成末状待用。

2 将苦苣洗净，毛葱去皮切圈，小柿子切片；所有调料勾兑成汁水待用。

3 取圆柱形模具，放入盘中，然后把抓碎的1/2豆腐放入模具内，中间放上香葱、香菜，再将另外的1/2豆腐放上面压实，最后放苦苣、毛葱圈、小柿子片点缀即可。

4 将调料兑成汁，浇在装有豆腐的盘中即可食用。

特点 造型美观，鲜鲜微辣。

凉拌活海参

主料

活海参500克

配料

红绿椒末、蒜末、香菜末共30克

调料

蚝油3大匙，辣根1小匙，白米醋1大匙，白糖1大匙

做法

1 将活海参去肠，顶刀切成1厘米宽的段，洗净放入90摄氏度的沸水氽烫30秒快速捞出，沥干水待用。

2 把烫好的活海参放入盛器中，加入调料拌匀入味即可食用。

特点

酸甜脆嫩，芥辣味道浓厚。

醋椒蜇头

主料

蜇头300克

配料

红绿椒50克，蒜末5克

调料

精盐1小匙，一品鲜酱油1/2小匙，味精1/2小匙，白糖1大匙，陈醋1大匙

做法

1 将蜇头用清水冲洗，去除沙土，片成片，然后冲水去盐分至不咸为宜。

2 将红绿椒洗净，切成长条状。

3 将蜇头、红绿椒条加入蒜末和调料一起拌匀，装入盘中即可。

特点 口感爽脆，甜酸适口。

美极熏鸭舌

主料

鸭舌500克

调料

⑴ 上汤1000克，美极鲜味汁5大匙，精盐1大匙，酱油2大匙，味精1小匙

⑵ 八角5克，桂皮5克，百芷10克，当归10克，香砂10克，良姜10克，百扣15克

⑶ 白糖50克

做法

1 将鸭舌放入沸水中氽烫，捞出冲凉。

2 把调料⑵装入煲汤袋中与调料⑴一起煲成卤水烧沸入味备用。

3 将烫好的鸭舌放入调好的卤水中，煲20分钟捞出来。

4 熏锅放入白糖，上面放上箅子，然后把鸭舌放入箅子上，中火熏2分钟取出装盘即成。

特点 烟熏味浓，咸鲜适口。

瑶柱青瓜卷

主料

荷兰黄瓜500克

配料

发好的瑶柱20克

调料

精盐1小匙，味精1/2小匙，葱油1小匙，美极鲜味汁1/2小匙，芥末油少许

做法

1 将荷兰黄瓜洗净去皮，切成5厘米长的段，将黄瓜段用刀片成卷，放入冰水中镇凉。

2 将发好的瑶柱撕成丝，下油锅中炸酥捞出待用。

3 取出青瓜卷，沥干水分与调料一起拌匀，摆放盘中撒上瑶柱丝即可。

特点 清脆爽口，咸鲜清淡。

巧拌天目笋

主料

天目笋300克

配料

山楂糕1块，香菜梗段少许

调料

精盐1小匙，味精1/2小匙，白糖1/2小匙，美极鲜味汁1/2小匙，红油1小匙，辣鲜露1/2小匙

做法

1 将天目笋切成细丝，冲水去涩味，捞出沥干水分待用。

2 将山楂糕切成片，对折摆于盘中。

3 将笋丝、香菜梗与调料一起拌匀装在有山楂糕的盘中即可。

特点 咸鲜微辣。

芥兰拌百合

主料

芥兰500克

配料

百合30克

调料

精盐1小匙，味精1/2小匙，白糖1/2小匙，葱油1小匙

做法

1 将芥兰去皮，用插板插成丝，放入冰水中镇凉。

2 将百合掰散洗净。

3 将芥兰、百合、调料一起放入盛器中，拌匀装盘即可。

特点 咸鲜清脆。

辣姜茸脆片

主料

猪耳朵300克

配料

姜50克，香葱10克，青笋丝30克

调料

精盐1/2小匙，味精1/2小匙，葱油5大匙，盐焗鸡粉1/2小匙，红油1小匙，金标生抽1小匙

做法

1 将猪耳用火烤，烧去猪毛洗净，放入锅中煮熟，捞出晾凉，片成薄片待用。

2 将姜剁成茸，用汤袋挤净姜汁，香葱剁成茸，与姜茸调料一起兑成汁水。

3 用兑好汁水将猪耳片拌匀，将青笋丝放在盘中，上放拌好的耳片即成。

特点 鲜香爽脆，咸鲜可口。

果醋拌杂果

主料

木瓜1个，苹果1个，哈蜜瓜100克，黄瓜100克，紫甘兰50克

调料

苹果醋1大匙，精盐1小匙

做法

1 将木瓜、哈密瓜洗净，分别去皮、瓜瓤切成丝备用。

2 苹果、黄瓜洗净分别切成丝状；紫甘兰掰去大茎切成丝备用。

3 将所有切好的丝料和调料一起拌匀入味，装盘即成。

特点 酸甜爽脆，果味浓郁。

美极沙律拌时蔬

主料

苦苣100克

配料

洋葱20克，虾仁10克，芦笋20克，小柿子5个

调料

沙拉酱1大匙，精盐1小匙，鲜柠檬汁1/2小匙，白糖1大匙，白米醋1大匙，辣根1小匙，美极鲜味汁1/2小匙

做法

1 将苦苣摘洗干净，用手撕成段；洋葱去皮切圈备用。

2 虾仁放入沸水中汆烫，捞出控水备用。

3 芦笋洗净去皮，切段，放入沸水中汆烫；小柿子洗净备用。

4 将调料兑成沙拉酱和整理好的主料、配料拌匀装盘即可。

特点 酸甜适口，芥辣浓郁。

五福拌龙凤

主料

发好的海参200克，鸡脯肉丝100克

配料

青笋丝、白萝卜丝、紫心萝卜丝、紫甘兰丝共100克

调料

精盐1/2小匙，味精1/2小匙，蚝油1小匙，白醋1小匙，白糖1小匙，辣根1/2小匙，香油1/2小匙

做法

1 将发好的海参切成丝；鸡脯肉丝用蛋清淀粉略腌，放入水中滑熟捞出备用。

2 将五种配料丝放入容器内，加入海参丝、鸡丝和调料拌匀入味即可。

特点 色泽分明，咸鲜酸甜。

巧拌鹅掌筋

主料

熟鹅掌筋200克

配料

芥兰50克，白芝麻少许

调料

精盐1/2小匙，味精1/2小匙，白糖1/2小匙，美极鲜味汁1/2小匙，红油1小匙，麻油1小匙

做法

1 将芥兰洗净，去皮斜刀切成片状。

2 将切好的芥兰片、熟鹅掌筋和调料一起放入盛器内拌匀入味即可。

特点 咸鲜，麻辣。

蜜汁胡萝卜

主料

胡萝卜300克

调料

精盐1/2小匙，蜂蜜5大匙，白糖1大匙，橙汁1小匙，番茄沙司1小匙，矿泉水500克

做法

1 将胡萝卜去皮洗净，用挖球器挖成小球状，放入沸水中汆烫。

2 炒锅上火，加调料烧沸，放入胡萝卜球，改小火靠10分钟取出晾凉，装盘即可。

特点 香甜。

香拌花仁

主料

花生米500克

配料

鲜花椒20克，泰椒圈5克，香葱丁2克

调料

精盐1小匙，味精1/2小匙，白糖1小匙，陈醋1小匙，辣鲜露1小匙，麻油1/2小匙

做法

1 将花生米放入温水中略泡，扒去外皮洗净。

2 将扒好皮的花生米和配料放入容器内，加入调料拌匀入味即可。

特点 咸鲜微脆，鲜辣微麻。

果仁蚬肉拌菠菜

主料

菠菜500克

配料

熟花生米30克，蚬肉50克

调料

(1) 精盐1小匙，味精1/2小匙，东古一品鲜酱油1/2小匙，白糖1小匙，陈醋1小匙，红油1小匙，葱油1小匙

(2) 精盐1/2小匙，美极鲜味汁1/2小匙，味精1/2小匙，芥末油1/2小匙，葱油1小匙

做法

1 将菠菜摘洗干净，切成5厘米长的段，焯水冲凉，挤干水分待用。

2 将蚬肉摘洗干净待用。

3 将菠菜用调料(1)拌匀，蚬肉用调料(2)拌匀待用。

4 取一圆柱形模具，放一层菠菜，一层花生米，一层菠菜，一层蚬肉，上放苦苣、毛葱圈、小柿子点缀即可。

特点 咸甜微酸，清新爽口。

芥兰拌巧舌

主料

芥兰200克，酱好的巧舌100克

调料

精盐1小匙，味精1/2小匙，白糖1/2小匙，东古一品鲜酱油1小匙，麻油1/2小匙，红油1小匙，葱油1小匙

做法

1 将芥兰去皮，切成丝放于冰水中镇凉。

2 将巧舌切成丝。

3 将镇好的芥兰和巧舌放入容器内，加入调料，拌匀装盘即可。

特点 麻辣鲜香，清脆爽口。

鱼籽配三丝

主料

青笋丝200克，白萝卜丝、紫心萝卜丝各50克

配料

鲜三文鱼籽30克

调料

精盐1小匙，味精1/2小匙，白糖1大匙，白米醋1大匙，鲜柠檬汁1/2小匙，辣根1/2小匙

做法

1 将三种丝分别放于冰水中镇凉。

2 将调料调成酱汁。

3 把三种丝放入容器中，加入调好的汁水拌匀装盘，撒上三文鱼籽即可。

特点 酸甜微辣，清脆爽口。

干捞鱼唇

主料

鱼唇300克

配料

芦笋100克，香菜5克

调料

XO酱1小匙，美极鲜味汁1/2小匙，辣鲜露1/2小匙，红油1小匙，葱油1小匙

做法

1 将鱼唇切成薄片，放入沸水中汆烫，捞出冲凉待用。

2 芦笋洗净，去皮切段，汆烫冲凉；香菜洗净切段。

3 把主料、配料和调料一起拌匀装盘即可。

特点 咸鲜微辣。

烧椒基围虾

主料

活基围虾300克

配料

绿尖椒30克，红尖椒30克

调料

精盐1小匙，味精1/2小匙，白糖1小匙，香醋1小匙，陈醋1/2小匙，红油1小匙，辣鲜露1/2小匙，金标生抽1/2小匙，蒜末3克

做法

1 将基围虾去头留尾，扒去外皮留肉，洗净待用。

2 将两种尖椒放入火中烧起泡，扒去皮切成条。

3 将基围虾和烧好的尖椒放入盛器中，加入调料拌匀装盘即可。

特点 咸酸微辣。

捞拌双色百叶

主料

白百叶150克，黑百叶150克

配料

青笋100克，泰椒圈5克，香葱丁10克，香菜段5克

调料

精盐1小匙，味精1/2小匙，白糖1小匙，香醋1小匙，陈醋1/2小匙，蚝油1小匙，辣鲜露1/2小匙，麻油1/2小匙，芥辣1小匙

做法

1 将两种百叶切成丝，放入沸水中轻焯，快速捞出冲凉备用。

2 青笋去皮洗净，切成丝状备用。

3 把两种百叶和青笋丝放入盛器中备用。

4 将调料兑成捞汁，浇在原料上，撒上泰椒圈、香葱丁、香菜段即可。

特点 咸鲜，麻辣。

金钱肚凉粉

主料

凉粉200克，卤好的金钱肚100克

配料

香葱丁5克

调料

老干妈酱1/2小匙，李锦记蒜茸辣酱1/2小匙，东古一品鲜酱油1/2小匙，红油2小匙，麻油1/2小匙，香醋1小匙，白糖1小匙

做法

1 将凉粉改成块；金钱肚切成条备用。

2 把凉粉和金钱肚放到容器里，加入调料、配料拌匀即可。

特点 麻辣咸鲜。

青笋双蜇皮

主料

青笋500克

配料

黑板蜇皮20克，七星蜇皮20克

调料

精盐1小匙，白米醋1大匙，白糖1大匙，芥辣1/2小匙

做法

1 将青笋去皮切丝，放于冰水中镇凉。

2 将两种蜇皮切成丝，冲水去盐份，捞出挤干水份待用。

3 将主料、配料、调料拌匀装盘即可。

特点 清脆爽口，酸甜味美。

巧拌合福

主料

菠菜200克

配料

土豆50克，绿豆芽30克，水晶粉20克，海带丝20克

调料

精盐1小匙，味精1/2小匙，白糖2小匙，白醋2小匙，东古一品鲜酱油1小匙，葱油2小匙，红油2小匙，蒜末2克

做法

1 将菠菜洗净切段焯水冲凉，捞出挤出水分待用。

2 土豆洗净去皮切成丝同绿豆芽、水晶粉、绿豆芽、海带丝一起焯水，捞出沥干水分冲凉待用。

3 将主料、配料放在容器里，加入调料一起拌匀装盘即可。

特点 咸酸微辣。

猪耳芹菜苗

主料

芹菜苗200克，熟猪耳200克

配料

精盐1小匙，味精1/2小匙，白糖2小匙，陈醋2小匙，葱油1小匙，红油1小匙，蒜末2克

做法

1 将芹菜苗摘洗干净，用冷水泡至挺脆备用。

2 将猪耳朵切成薄片。

3 把泡好的芹菜苗和猪耳朵片放入盛器中，加入调料拌匀装盘即可。

特点 咸鲜略带酸辣。

爽脆牛筋

主料

熟牛筋300克

配料

香葱丁10克，香菜段3克

调料

精盐1/2小匙，味精1/2小匙，东古一品鲜酱油1/2小匙，红油1小匙，麻油1/2小匙，白糖1/2小匙

做法

1 熟牛筋用保鲜膜或纱布卷成细卷状，放在冰箱里镇凉定形备用。

2 然后把镇好的牛筋取出来切薄片，放在容器里，加入配料、调料拌匀装盘即可。

特点 鲜香麻辣。